白であるから

神泉 薫

目次

目次

薔薇色の額に口づけを　8
夏、竹馬に乗って　12
聖なる洗濯物　16
フランチェスコの窓　22
まあたらしい黄金の額に　26

†

恋の未完成　32
天秤　36
再会　40
鳥の国の人事　44

落下する娘　50
†
梨をむいたら　58
グラジオラス　62
旅　66
ひとなつの巡礼　72
牛とサソリ　78
白であるから　82
†
循環　90
Mに　92
呼ばれるまでは　96
ファーストシューズを君に　100
喜びをこそ　104

白であるから

薔薇色の額に口づけを

今朝
地上に舞い降りてきた赤子
まあたらしい息
喜びを運ぶ船
いのちよ

やわらかな頬のまろやかなふくらみ
健やかな寝息を響かせ
澄んだ瞳を

未だまぶたの下に隠したまま
にぎった拳には
何を携えてきたのか

きみの神々しい薔薇色の額には
天の筆で
運命が記されている

――人々を愛せよ

だれの頭上にも等しく
天空の大鎌が振り落とされる
その瞬間が

刻まれているとしても
今は
虹色にきらめく小鳥の羽で
血のピリオドを覆ってしまおう
賢き盲目の人となって
今生の光に
ともに包まれていよう
秘密の約束を
ここに結んで
今は

薔薇色の額に口づけを

夏、竹馬に乗って

心を
まっさらにして
あの蒼天へと近づいていく
一段　一段
日々を鍛えるように
ただ垂直に
高みへと

夏

竹馬に乗って
ひときわ澄んだ風に吹かれて
緑けぶる山並みを望み　畦を周遊する
見上げていたオニヤンマの領域《テリトリー》へ
一歩　一歩　近づき
宿題を終えた自由時間が
今
ひらかれていく

先取りしよう!
未知なる〈ぼく〉を
成長と名指される　まぶしい時間軸を
やや前傾で　重心を己に託して

地上から離れた足がかりへ
素足を乗せて
ジャンプ！

〈らいねん　さらいねん　もっとたかく　みらいへ！〉

陽光があふれ
丈高い向日葵にバランスを学んだ
夏の子供は去る
心を
宙へ放り投げて
未だ回転を止めない真白き地球《ボール》のように
今ここを超えて

新たな朝へ

聖なる洗濯物

澄み渡るコバルトブルーの空へ
はたはたと
はためく

一日の疲れと穢れを拭い取る
慎ましやかな衣類たち
温みある体を包み込む優しさは
生誕の瞬間から授けられ
遺骸を包む灰色の布は

肉体を持つ者への
最後の恩寵

石鹸のかぐわしい香りは
日々の幸福を泡立てる
連続する生の息吹
爆音と炎と土煙が包囲する
生命《いのち》を抹消しようとする暴力にも
抗い続ける

はたはたと歌う
ほがらかな
洗濯物

熱い野菜スープの匂い
母乳の甘酸っぱい匂い
愛する人の匂い
硝煙の匂い
洗い流される営みを遠くまなざしながら

すべてを脱ぎ捨てる時
あらゆる苦難も喜びも
濯《すす》がれ

清々しい骨は
そっと
とうめいな光をまとう

はたはた
はたはたと
はためく
聖なる
洗濯物

天空へと刻む
わたくしたちの
存在証明

いくつもの
袖を

高らかに
掲げて——

フランチェスコの窓

心の真空に
一羽の小鳥がはためき
小首を傾げて
あのひとの人差し指に止まり
敬虔な説教に耳を傾けています
オリーヴの森の向こうからは
労働の時間を告げる鐘が響き
ヴィオーラとタンバリンと
小石を踏み鳴らす馬の蹄の音が

空高く昇ってゆきます
さえずりへ向けて
〝兄弟〟と親しげに呼ぶ
あのひとのことばは慈しみと優しさに満ち
着るための羽毛　飛ぶための翼　住まうための空
すべて
神さまから与えられた光であることを
あのひとは灯台のように輝くひとみで
教えて下さるのです
「ごらん、私の家は崩れかかっているではないか。」
ある日　十字架の声を聞いたあのひとは
石を積み上げ　屋根を葺き　床を磨いて
神さまが居られる家を

いくつもいくつも建て直しました
ヨハネ　パウロ　マタイ　ルカ
福音の小箱を振りながら
小さな蝋燭に額を照らされ　横たわるその日まで
時空を越えて
肩触れ合う人々の胸に
青く聡明なひとつの窓が
開かれるまで

まあたらしい黄金の額に

前髪を吹きさらう
薄桃色の風の手のひらが
今、〈四季〉という名のカーテンを開いた

――さえずるよ、小鳥

まっさらな空のシーツ
めぐる回転舞台に　しなやかに立つ敬虔な木々は仰向き
風を指揮する背後の時間管理人が

一斉に鈴を鳴らして

――ほら、始まるよ！

初々しい若葉たちのおしゃべり
小粋な天道虫がユーモラスに羽を広げ
ミミズは困り顔でダンス
蟻は忙しなく触角を立て　タンポポの根元を走り
太陽に透けたとうめいな朝露が
きらめく円錐を形作って

――てっぺんを　ツンツン　とがらせ

一粒　一粒
降りそそぐだろう
恩寵のしずく　はずむスタッカートのように
まぶしく拓《ひら》かれた大らかな大地
目覚めたばかりの
君の
まあたらしい黄金の額に

†

恋の未完成

その矢は
ほんの気まぐれに天から放たれたと思えば
成就しない苦しみに腹も立たないだろう
もとは一つの林檎が　意図せずに二つに分かれ
再び巡り合うのなら
触れ合う肌の懐かしい息吹に違和はないだろう
どこの泥から　あるいは骨から創られたのか
今はもうわからぬ　私たちのこの身
互いの肉のルーツは　連ねた鎖のごとく絡まり　すでに　解けぬ習わし

ことばが違う　匂いが違う　目も　耳も　違う方向へと向かい
睦み合った一瞬の幸福は　射られた胸の傷とともに　はかなくも地へ帰る
恋は　完成を知らない果実
青いまま　転がり落ちる　まっさらな　若き日々へと
いたずらっぽい笑みを浮かべて
金色の巻き毛をなびかせ
クリーム色の翼をはためかせた心憎いキューピッドは
性懲りもなく　矢を射るから
地上には　ゴロゴロと　初々しい恋がいっぱい
やがて土深く眠り　新しい種となり
空めがけて　若草色に芽吹く日を夢見るだろう
やがて時ながれて　大樹は育ち
枝々には　いくつもの痛みをその芯に携えた　新しい果実が実るだろう

もぎった実に唇をよせて　そっと　こう呼ぶことは　許されるだろうか
未知なる生の源　ただひとつの愛　〝愛〟と
そして
キューピッドが目を伏せる合間に
芳醇なエロスの果肉を　ちょっぴりかじることも

天秤

今朝生まれたばかりの
銀色に光る小さな手のひらに聞いてみる
きみの上に乗ったつややかな赤い林檎ひとつ分の重さに　釣り合うものは何?
手のひらは答える
わたしもまだ産声を上げたばかり
この重みに慣れないのだ
林檎よ
お前の重さはどこから来たの?
林檎は答える

わたしもまだ実るという完成形の起源を知らない
わたしを実らせた知恵ある木の幹に聞いてみよう
わたしの重さはどこから来たの？
木の幹は答える
わしは　ひたすら上へ向かって伸び上がる　それだけに精神を集中したもの
わしの体の其処此処にふくらみを覚えたのは　ただの偶然か必然か
澄みきった思考の持ち主
青空に聞いてみよう
わしの赤いふくらみはどこから来たのか？
青空は答える
わたくしは天上というまなざしを持つ傍観者
地上に起こる様々な事象の発芽を見守るだけの存在
あなたの体に実った林檎は

諍いと自由がせめぎ合う起伏に満ちた大地を　点々と新たな色彩に色づけ
見えぬ闇の奥底であなたの根は放射状に広がっていく
木の葉よりも重い　まるみを帯びた林檎は
ゆたかな水分をふくみ
渇きを覚えた者たちの咽喉と心をやさしく潤す
木よ　あなたはその生に従って　まっすぐ立っていればいい
林檎よ
あなたの重みは　世界から派遣された瑞々しい希望のふくらみ
やがて　その意図を知った者が　あの地平線の果てから訪れるだろう
もうひとつの銀色に光る小さな手のひらを携えて
あらゆる等しさが地球の軸となる日
内なる天秤のすこやかな均衡がこの星を飾れば
風の子守歌が聞こえ

揺れる唇の狭間に
がりり
しゃりり　と
なつかしい解放音
ハレルヤ
ハレルヤ
引力から解かれ　はれやかにスパークする
形而上の音楽
飛沫が
鳴る

再会

鬱蒼と生い茂る草むらに置かれた私を
不吉な死の象徴と見なすのは世の常で
ふくよかな肉を宿していた時代の煌びやかな日々を
くらい眼孔の奥に見出すものは少ないが
あるとき一匹の虻が東の果てからやってきて
今はもうすっきりとしたがらんどうの私の内部へ
ふいに右目から入り込んで　左目から出て行った
春の蜜の香りをその肢体に携えた羽あるものの到来は
しばし退屈な今この時から私を救い上げてくれた

誰も好き好んでしゃれこうべとなる訳はない
産声を上げたが最後　生の結末はみな等しくこの姿
静かに朽ちて土となるまで　いくつもの四季をやり過ごす
だが　しゃれこうべにもひとつ　優れた点がある
それは　すこぶる風通しが良いこと
ときに生は　正しさに満ちた太陽に照らされてまぶしすぎるものだ
ひんやりと涼を求める　休息の場にはもってこい
私は　川のそばに立つ一つの建物　丸みを帯びた白い宮殿
私の空洞を周遊する小さな生き物の活気を待ち望むことも
第二の人生
森の外れから
カタカタとリズミカルに陽気な歯を鳴らして呼ぼう
虻さん　虻さん　こっちへおいで

現実から転げ落ちた夢の中で
虻に転化した懐かしい友の魂が一つの旅を始める所

鳥の国の人事

人には人の
鳥には鳥の
国があるという

妻の掌握　父母への孝道に長けた鳩には　教育を
容姿威厳あり　勇敢な鷲には　兵権を
ヒナの育成　平等性に長けた布穀鳥《ふるどり》には　建築造営を
厳格な鷹には　法律と刑罰を
終日絶え間なくさえずる滑鳩《かっきゅう》には　朝廷での言論の役割を

四季のめぐりを司るのは　燕　百舌《もず》　鶉《うずら》　錦鶏《きんけい》

翼あるものたちの
天空の世界にも
地上的人事があり
己の資質に与えられた役割を遂行する鳥たちの
小さな頭が
政《まつりごと》という生業に溺れる日もある

朝廷の中央に君臨する鳥の王の名は
明らかにされない
鳥には鳥の国の権力の施行が密やかに為されるらしい

飛翔と墜落を往還するのは人の国ばかりではない
肩書に座すれば
転げ落ちる宿命にある
鳥には鳥の
方法によって

有形の翼は有形の翼
形あるものは消え
人も鳥も
永久にすたれない
無形の翼に焦がれている
国造りの自由
巣作りの自由

生きるという名の飛行曲線の自由を
羽ばたく行為によせる
そのまなざしを
一つにして

今日もまた
審判の銅鑼が鳴る
人には人の
鳥には鳥の
営まれていく
国がある
芽生えてゆく
とりどりの夢

夢には夢の
語りつくせぬ
翼が
ある

落下する娘

初夏
とある島の樹の枝に
たわわに実った果実から
みずみずしい娘が生える
まずは足から
つぎに尻
ゆるやかに手と腕が二本ずつ出そろえば
四肢が完成
ぽっこりと偶然のように頭が生じたら

後は娘らしく
若草色の髪の毛で枝からぶら下がる
ゆうらり　ゆうらり　ゆれる娘
ゆれながら　唄うたう娘
すると　最果てから
風の息子がやってきて
突風のナイフで娘の髪を切断する
落下する娘
大地のしとねに初めて横たわる娘
頬を赤らめながら
荒ぶるものに
心奪われ
娘は

そよ風になでられ　つむじ風に貫かれ
風の息子の愛撫に
かつてない
歓びの声を上げ
白い腹部に
そっとアーモンド形の種子を宿した
やがて
風が逝ってから
数千年の時が過ぎ
娘の髪の香りに満ちた大地から
一本の
幼い樹が芽生えた
若々しい梢のざわめきは父に

柔らかな枝の曲線は母に似て
伸びやかに育った樹は
島の中心に座し
天空へ開いた枝が
世界中の鳥を呼んだ
色とりどりの
旋回する鳥たちのさえずりのシャワー
にぎやかな響きに
島に住む
四足のねむり動物たちはみな目覚め
樹の根元へ
四方八方から押し寄せてくる
足音の波しぶき

歓びの地鳴り
そして
やわらかな毛に覆われた黒い背中に
甲高い産声と共に
落下するものがある
樹の枝に
いつのまにか実った
いくつもの果実から生えた
つぶらな瞳の赤ん坊
用意された揺りかごで
すうや　すうや
ねむる赤ん坊
心おだやかに

鳥たちも羽とくちばしを休め
闇に沈んだ一本の樹は
静寂という物語に咲く
名前を持たない
いのちの
樹

†

梨をむいたら

赤とんぼがちらほらと
白い窓をよぎってゆく
たっぷりと水を含んだ梨をむいたら
ひとつの声が聞こえた

――「東京の大地はこれ以上、建物はいらないっていっていってるわ」
まるい水の重さはこの地球の重さ
むいているのは固い皮膚と化したダークグレーのコンクリート

ざらざら　さらさら　むいていくと
ざわめく梢のささやきが蘇ってくる
林立する木立が胸のピリオドを弾いて
滞った物語の続きを産みだしてゆく
ページをめくれば
羽化した蝉たちが土への懐かしさを抱えながら
一度きりの短い夏を駈け抜けてゆく

熱した砂利道を
冷えた田んぼの畔道を裸足で歩いた
丸い星の移りゆく体温はすこやかに
みずみずしく子どもたちを育んでいた
遠い足裏の記憶をこの身に宿して

シンクに落ちてゆく梨の皮の螺旋をたどる
いつのまにか　終わりのない迷宮へと踏み込んだ
人の　くらい咽喉に落ちる
果肉の甘さは
ときにほろ苦い咀嚼をはらんで
満たすことの真の意味を
変わらぬ光放つ
月に問う

グラジオラス

空と地を突き刺して立つ
電信柱の根元に
たむけられた　みずいろのグラジオラス

忙しなく行き交う車
移ろってゆく時を花は見つめながら
止まったひとつの季に生きる人を慰めるために
しずかに呼吸している

かたわらで幼子が遊ぶ
あたたかな息が
陽の光をまねて　ふりそそいでいる

――あった?
――ない……。

何を探しているの?
花びらの一枚一枚がことばを持つ瞬間
畳み込まれた記憶の小石が
色鮮やかなおはじきのごとくこぼれ落ちる

彩りのあった仕草も

振り向いたくちびるが目指した思いも
確かな存在を象って
束ねた茎の　みずみずしさと等しく
この手の中にあるのだ

わたしたちはみな
遺された人々
連綿と大地に
積み重ねられた息の堆積の上に
そっと　今日一日の　息を置く
許されることを
祈りとして

休みなく屹立する電信柱
空へもっとも近づく時
温もりを絶やさぬグラジオラスが
そのみずいろを
明日の朝へと解き放つ

見上げる空は
そこぬけに明るく
広さを知らぬままに
輝いて

旅

破れた羽に　一枚の切手を貼って
飛び立ってゆく蝶の物語を読んだ

地球儀を回しながら
私の胸の空洞を埋める
異国行きの切手を探す

ブルキナファソ
モロッコ

イスタンブール

マリ

くるくると視界をめぐる片仮名の響きは
出発の秘密をはらんで心を誘う

親切な封筒が
余った切手を蝶に与えた
旅に必要な水を分けるように
ひらひらと羽と化した切手は
目的地を風に変更
気ままに咲き乱れる花々の下へ
思いもしない色彩の手のひらへとたどり着いてゆく

身支度は軽い方がいい
二枚の羽
二本の足があれば
傷めばどこからか見えぬ手が降り
新たな道が拓く
触角とアンテナだけは磨いておけ
水の散る方位へと
一心に進んでいけ

思えば切手は　切符に似ている
地名を刻んだ一枚の紙は
太古から現在

現在から太古へと行き交う人々の
魂のつばさ
ときにきれぎれになって宙を舞いながら
大空を見つめる

くりかえし　くりかえし
振り向く間もなく
地球の臍から投函される
ひとつひとつの生
出発と終焉
それぞれの
ただ一つの旅は
きらめく朝露のしずくに似て

甘い蜜の
匂いがする

ひとなつの巡礼

わたしたちよりもずっと低い
大地の皮膚にもっとも近い目線で
空と地を分ける　あの果てのない地平線を目指している
無数のつぶらな黒い生き物
初夏のさわやかな風のただ中で
一心に連なっている
蟻の行列
つつましやかな
寡黙な足並みは

ときに背に負う蝶の遺骸をも
清潔な生の循環を教える手立てとして
区切られたまなざしの世界像のひとつとして
物言わぬ温かな吐息とともに
わたしたちに知らせる
ひとつぶ
ひとつぶの
小さな身体をめぐる愛おしい記憶のかけら
螺旋にうねる時の波しぶきの中へ
放られたかじりかけの林檎
錆びた自転車の車輪
窓から見る月
子犬の足跡

影は伸びてゆく
目的地を持たない列車が運ぶ
モノクロームの冷たい季節を人はいくども潜り抜けた
傍らで地を這う
蟻たちは
永久に変わらぬ目線で
大地と呼吸を合わせていた
すぐそばに立つ樹木の根が
そよぐタンポポが語りかけていたから
白いキャンバスシューズの子どもたちが
はしゃぐ声を天に届けながら走り抜けていったから
砂糖
はちみつ

あめ玉の
健やかな甘さが好き
気温　二十八℃
恒常的希望を感知する触角は
朝露のきらめきにいつも磨かれていた
蝉しぐれ降る夏の
未だ余白に満ちた人類の
観察日記は終わらない
慈悲深い神のように
ただひとつの手のひらを開いてみれば
そっとよじ登る黒い蟻
ひと時の体温へ刻まれる文字と化しては逃げてゆく
くすぐったいカリグラフィー

指の狭間からこぼれ落ちる
時の狭間からこぼれ落ちる
闇色の肢体に
光へのオマージュを携えて
いつだって
大地を歩くんだ
並々と連なる祖の背中を見つめて歩くんだ
青い草の匂いのする道行のかなた
琥珀色の夕陽が落ちるまで
もうすこし
ひとなつの
巡礼は
つづく

牛とサソリ

目覚めれば蒼穹に
一本の線
まっすぐ伸びた物干し竿に
つぶらな水滴が光っている
ああ　ゆうべ
雨が降ったのだと
ふるえながら
地上に落ちていくまでの時をまどろんでいる
ひとつぶひとつぶの存在に　そう教えられて

私は
聖なる一頭の牛の角に乗せられて　均衡を保っているこの世界の
今日という一日の始まりを
深く肯うことを覚えた
通り過ぎていく鮮やかな季節の木に宿る鳥であろう私たち
留まる足は忙しなく短い
けれど
宿る水滴の丸みに映る生の彩りは　永遠《とわ》のまぶしさに満ちて
まばたきの隙間に
イタドリ
つぶ貝
夏の蝉たち
万象の

あらゆる死が冥府への道行を鋭く明かしたとしても
愛を知った唇からは
穏やかな静止を寿ぐ　ことばの礫のみ　降りそそぐだろう
人の営みつづく　時の岸辺で
災いの種を蒔いた因果から遣わされた
一匹の赤いサソリが
私たちの牛をふいに刺す時
轟く大地の悲鳴に飲み込まれて
カレンダーというカレンダーが炎を上げる
海は青黒い波の手を広げる
容赦などない
自然の痛みをひるがえす術を知らぬ　人間たちの告発には
ふるえながら

目覚めていなければ
私たち
牛の角の真上に　凛々しく引かれた直線
まっすぐ伸びた物干し竿に　光る雨粒は私たち
風にさらわれるまで　わずかに憩う　しずくたちよ
傍らに干されたシーツが
白くひらめく明日を夢見て
晴れやかに
揺れている

白であるから

はるばると広がる雪原
見慣れない土地に住むものの目を威嚇する
白

それは人々の暮らしにふと描かれた行間
天が下ろした冷たい筆
忙しなく吐く息の狭間に
ひとしずくの静寂を

「白という色を産みだすために
ただそれだけのために
ぼくは詩を書く」と
雪の白さと拮抗する白い希求を
一人の詩人は　ペンに託した

小さなスコップを持って小さな小人たちは
丈高い白い山を切り崩す
白銀の山々は連なり
鳥たちは
神と等しい目で
私たちを見下ろしている

含まれた水の重さに
垂直に立つ人の腰は折れる
ひれ伏すまなざしは大地へ
土の匂いへたどり着こうと懸命に　下へ下へ頭《こうべ》を向ける
ことばのない
祈りのように

白
白であることは恩寵
もし　まっ黒な　雪に塗りこめられたら
もし　まっ赤な　雪に塗りこめられたら
その色の凄みに
私たちのスコップは　すぐさま萎え衰えるだろう

降り積もった雪は　やがて
陽に照らされ　水に還り　海へ帰ってゆく
まっ青な　広い海へと

見つめるごとに引き伸ばされていく
白
白であるから
その色に
永遠の意味を教えられる
様々な色に染められた
饒舌な地上へと
ゆたかな余白が欲しいと願ったのは誰だったのか

舞い落ちる一枚の木の葉が描く
一行目
一つの文字
まっ白いページに
これから始まるリズムの響きが
香ばしい金色の風をまとって
揺れている
無心に投げ出された
白
白
白の中へ

循環

冷えた耳たぶに手をあてる
熱を逃す仕草を
白い湯気たつ台所で　母に教えられた幼い日々
母から子へ伝えられる古い知恵の渚には
生まれ落ちたものへの　たゆみない愛が波打っている
寄せては返す　終わりのない海の鼓動
休息すら望まない　あおい水　潮の匂いに
胎児であったころと等しい　抱かれてあることの温みを
私たちは　かすかに　思い出している

熱い蓋を開けて　煮えたつジャガイモや人参を見つめる
まるい鍋底に身を寄せ合う野菜たちの姿は
まるい星に身を寄せ合う人々の姿
鍋はひとつの舟のごとく揺さぶられ
火加減を試されながら
芯が通るまで　生の意味がじっくりと内部に染みるまで
カタコト　カタコト　崩れぬように　煮詰められる
夕餉の時間にはまだ早いが　次世代の赤ん坊が
空の片隅から　未来の母を見つめている
海はおだやかに波打っている
小さなエプロンが揺らめいて
子はそっと　耳たぶに触れた

Mに

いちどだけ
と
試すことも許されぬほど
はかれない空の深さへと
おびただしく逝ったものたちの
かつて在った温もりのように
いま
この子の柔らかな手のひらを　ぎゅっと握りしめる
深々と濃さを増してゆく夜に灯る　いのちの光

世界という名の気まぐれな風をまとって　疲れた羽をたばねて
しんしん　しんしんと　眠るおまえ
朝が来れば　誇らしく頭を上げて
みずみずしく息づく　あの道の果てへと　飛び出してゆくだろうおまえの
陽を吸ってまぶしい額が　どうか曇らぬように
しずかな寝息に　そっと語りかける
母と子
母と子　を　連綿とつないでゆく時間の鎖の結び目は
いま　このとき
この手を握る　瞬間
ほそく輝く糸がきらめく　有限の瞬間なのだと
わたくしの背中を熱く昇る太古の血が　ゆっくりと　知らせる
あおい水　みどりの渚に育まれて

歩んできた　その歩行を
冷たく断ち切るどんな術も持たずに
人が　人である時の　豊潤な日々の果実をつつましく味わって
いつか止む温かな息の
清々しい羽ばたきの音を　この胸に刻もう
小止みなく降り積もってゆく
まだ早い寂しさへ向けて
ふっくらと成長した
おまえのその手を
手放す前に

呼ばれるまでは

いつの間に記されたのか
ひとりきり　待合室でひもとく一冊の書物　「私《わたくし》の物語」
陽にさらされ　明るみに満ちた数ページが続けば
闇に沈んで文字が読めない章に　とまどう瞬間もある
時折　隣り合う人もまた　それぞれの「私の物語」をひもといている
ことばが共有されれば　読み交わすページもある
著者名は知らされず
待つ時は長く儚い
たとえ　読む行為に飽いたとしても　人々は　読み続けねばならない

二度と更新されない　一度きりの名が
呼ばれるまでは
扉の向こうでは　カルテが重ねられ　順番に呼ぶ準備
永遠に終わらない作業が　続けられている
ゆっくりとうなだれて
まどろみが瞼を襲い
待合室の窓からオレンジ色の夕日が差してくる頃
最後のページをじっくりと味わって
「私の物語」の最終行のピリオドを深く呼吸する時
ささやかな足音がして
何度も繰り返し登場した主人公の名が
静かに呼ばれる
――「はい」

一つ返事をし
待合室を出て
まぶしい真空の診察室へ入り
ぼろぼろになった肉体を脱いで
自らの胸に手をあて
――「七十二年の生涯でした」
あらすじを辿りながら　光の問診を終えれば
滔々《とうとう》と流れる時の彼方へと　罪や科《とが》を流す解毒剤が処方されて
一粒飲めば
瞳はれやか
肩甲骨から透明な翼が生えて空へと昇る
私は「私の物語」から解放されて
四季の風めぐる

此岸という待合室の暗がりで
ふいに訪れる不条理な生のページに
「私の物語」を放り出してしまおうとする人々の
見えない手を照らそうと
光満ちてまたたくひとつの
星になる

ファーストシューズを君に

やわらかい一歩へ向けて贈られる
〝はじめて〟
ということばの清々しい響きに
ふさわしいもうひとつの双翼
すべてが幸福な終末を迎える
おとぎの国へと生まれた訳ではないが
名も知らぬ起伏に満ちた大地を
しっかり歩んでいけるようにと

無邪気に開かれた足指が描く
幻でないみらいは
自由と呼ばれる樹木　生い茂る
君だけの世界
ときに陰り　ときに光りあふれ
君と同じ温もりを持つ声たちが騒めき
背中にひそむ　とうめいな心の翼へと
やさしい水を送るだろう

たたずんでもいい　後ろへ歩んでも
よちよち歩く君の晴れやかな一歩
その果てしない重みを知る
満天にきらめく星を数える時間

私たちに与えられていたはずの
眠りをふくんだ　ふくよかな時間は
すこし大きめの踵《かかと》の余白に
いまだ残されているだろうか？

――君のえがおが、まぶしい。

喜びをこそ

町の人々の心を踊らす
晴れやかな鐘の音が大砲に変わる日
私たちの目は確かに覚えていた
がなりたてるラジオの雑音を物ともせず
石鹸の匂いのするシーツやシャツが
穏やかに風に吹かれていたことを
弾む喃語が満ちあふれる窓辺で
小鳥が水を食んでいたことを
覚えたての自転車に乗って

空を映した碧眼の少年は
くるぶしを光らせて冒険へと繰り出した
脅すばかりの工場の金属音は
対立に疲れれば　やがて止むだろう
戦いの夢は長くとも　いつか覚め
ことばで手繰り寄せる景色は
人々の記憶の火が燃え続けるかぎり
決して消えることはない
滔々《とうとう》と流れる生の川　豊かな畔に立って
釣り上げる喜びをこそ　食卓に飾ろう
もうすぐ風の扉を開けて
きみの少年が帰ってくる

［引用・参照］

- 薔薇色の額に口づけを

　オマル・ハイヤーム著　岡田恵美子編訳『ルバーイヤート』（平凡社）より、一部引用、参照。

- 聖なる洗濯物

　川下勝著『人と思想　アッシジのフランチェスコ』（清水書院）より、一部引用、参照。

- フランチェスコの窓

　キアーラ・フルゴーニ著　三森のぞみ訳『アッシジのフランチェスコ　ひとりの人間の生涯』（白水社）、川下勝著『人と思想　アッシジのフランチェスコ』（清水書院）より、一部引用、省略。

- 再会

　多田智満子著『夢の神話学』（第三文明社）、参照。

・鳥の国の人事
多田智満子著『花の神話学』（白水社）より、一部引用、参照。
・落下する娘
澁澤龍彦著『エロスの解剖』（河出書房新社）、参照。
・梨をむいたら
「　」内引用は、アメリカの作家、アリス・ウォーカー、来日時のインタビュー記事（二〇〇三年五月十九日、朝日新聞）による。
・旅
村岡花子著『村岡花子童話集　たんぽぽの目』（河出書房新社）、参照。
・牛とサソリ
多田智満子著『動物の宇宙誌』（青土社）、参照。
・白であるから
「　」内引用は、田村隆一著『田村隆一全詩集4』（河出書房新社）、「二月　白」による。

神泉　薫（しんせん　かおる）

一九七一年茨城県生まれ。

中村恵美（なかむら　めぐみ）筆名による著書に
詩集『火よ！』（二〇〇二年・書肆山田／第八回中原中也賞）
英訳詩集『Flame』（二〇〇四年・山口市）
詩集『十字路』（二〇〇五年・書肆山田）

神泉薫（しんせん　かおる）筆名による著書に
詩集『あおい、母』（二〇一二年・書肆山田／平成二十四年度茨城文学賞）
絵本『ふわふわ　ふー』（絵　三溝美知子／「こどものとも0.1.2.」二〇一四年五月号　福音館書店）

ラジオパーソナリティー
調布FM「神泉薫のことばの扉」（二〇一七年七月～二〇一八年六月）
調布FM「VΘEME！　現代の詩の聲とコトバを聴く　VΘEME」（二〇一八年七月～）

現住所＝二五二―〇二二六　神奈川県相模原市中央区陽光台四―九―六
ホームページ　https://www.shinsenkaoru.com/

詩集　白であるから

二〇一九年四月十日　発行

著　者　神泉　薫
発行者　知念　明子
発行所　七　月　堂
〒一五六―〇〇四三　東京都世田谷区松原二―二六―六
電話　〇三―三三二五―五七一七
FAX　〇三―三三二五―五七三一

印刷　タイヨー美術印刷
製本　井関製本

Printed in Japan
ISBN 978-4-87944-366-3 C0092